Passagem de som

poesia contemporânea alemã

Passagem de som

poesia contemporânea alemã

organização:
Timo Berger e Marcelo F. Lotufo

traduções:
Ana Schneider
Claudia Abeling
Henrique Silva Moraes
Luiz Abdala Jr.
Mariana Holms
Matheus Guménin Barreto
Sofia Mariutti

jabuticaba

Dados Internacionais de Catalogação na Publicação (CIP) de acordo com ISBD

P286

Passagem de som / Elke Erb ... [et al.] ; organizado por Timo Berger, Marcelo F. Lotufo ; traduzido por Ana Schneider ... [et al.]. - São Paulo : Edições Jabuticaba, 2023.
88 p. ; 14cm x 21cm.

Inclui índice
ISBN: 978-85-93478-25-3

1. Literatura alemã. 2. Poesia alemã. I. Erb, Elke. II. Filips, Christian. III. Draesner, Ulrike. IV. Kuhligk, Björn. V. Heuß, Marit. VI. Berger, Timo. VII. Lotufo, Marcelo F. VIII. Schneider, Ana. IX. Abeling, Claudia. X. Moraes, Henrique Silva. XI. Abdala Jr., Luiz. XII. Holms, Mariana. XIII. Barreto, Matheus Guménin. XIV. Mariutti, Sofia. XVII. Título.

CDD 831
2023-2384 CDU 821.112.2-1

Elaborado por Vagner Rodolfo da Silva - CRB-8/9410

Índice para catálogo sistemático:
1. Literatura brasileira : Poesia 869.1
2. Literatura brasileira : Poesia 821.134.3(81)-1

Revisão: Cesare Rodrigues
Design miolo: Cesare Rodrigues
Design da capa: Marcelo F. Lotufo

9 788593 478253

Edições Jabuticaba
www.ediçõesjabuticaba.com.br
www.facebook.com.br/Edjabuticaba
instagram: @livrosjabuticaba

SUMÁRIO

Uma apresentação e muitos agradecimentos

A antologia *Passagem de som / Tonprobe* pede uma breve apresentação, pois ela é, de certa forma, um projeto-símbolo do que imaginávamos para as Edições Jabuticaba na sua fundação, em 2017. Nossa vontade inicial era criar uma editora para publicar no Brasil, principalmente, poesia contemporânea em tradução; uma tentativa de contribuir com o diálogo entre a nossa tradição poética e a de outros países, feito no presente, por quem vive e pensa a literatura hoje. A poesia contemporânea, mesmo aquela escrita em línguas tão dominantes quanto o inglês e o espanhol, raramente chegava às livrarias brasileiras. E não há nada como encontrar em uma livraria, meio por acaso, o livro de uma poeta russa, equatoriana ou chinesa, que não estávamos procurando, mas que, por algum motivo, nos conclama à sua leitura.

Entre os projetos que imaginamos em 2017, estava uma série de breves antologias de poesia traduzida, organizadas por algum poeta ou crítico que vivia a poesia a partir de outro país. Uma forma de criar um diálogo que não dependesse somente de prêmios literários e algoritmos, mas que fosse real e viva. Publicamos, já em 2017, a antologia *Nocaute: 6 poetas / Cuba / hoje*, organizada pelo poeta cubano José Ramón Sanchez e traduzida por Rodrigo Alves do Nascimento e Mariana Ruggieri. Sem apoio financeiro, entretanto, nossos projetos sempre caminham num ritmo próprio e dependem de muitos encontros para existirem. E somente agora, em 2023, publicamos uma segunda antologia, retomando de certa forma o nosso projeto inicial. Há uma alegria especial, então, em ver este livro chegar às livrarias, ainda mais depois de anos tão difíceis para a cultura no Brasil.

Como tudo que fazemos, *Passagem de som* dependeu de encontros fortuitos e da generosidade de muitas pessoas para existir. Esta antologia não seria possível sem a colaboração do querido Timo Berger, um entusiasta da literatura latino-americana em Berlim, que agora também pode apresentar um pouco da literatura alemã contemporânea aos seus amigos brasileiros. Timo participou em 2022 da quarta edição do Burburinho Literário, festival literário do Goethe-Institut de São Paulo que tive a alegria de criar e organizar por quatro edições. Na ocasião, entre outras atividades, Timo ministrou uma oficina de tradução para tradutores e tradutoras iniciantes e experientes, que acabou se tornando o gérmen para esta antologia.

Há uma alegria especial em ver uma comunidade se formar no entorno da poesia. Junto do Timo, foram então as tradutoras e tradutores que participaram dessa oficina, Ana Schneider, Claudia Abeling, Henrique Moraes, Luiz Abdala Jr., Mariana Holms, Matheus Guménin Barreto e Sofia Mariutti, que possibilitaram esta publicação, e somos muito gratos a todas e todos. Um livro se faz, sempre, a muitas mãos. Agradecemos, também, à Bethe Ferreira, coordenadora do Programa de Fomento à Tradução, Projetos Literários e Digitais do Goethe-Institut São Paulo, e ao Sven Mensing, diretor do Serviço de Informação na América do Sul (SAM) do Goethe-Institut, que possibilitaram a vinda do Timo ao Brasil para falar de poesia. Agradecemos também a Elke Erb, Christian Filips, Ulrike Draesner, Björn Kuhligk e Marit Heuß por aceitarem participar deste projeto com seus poemas.

Passagem de som / Tonprobe é resultado de todos esses encontros, um trabalho coletivo que começou lá atrás e que esperamos possa ser a porta de entrada para muita gente conhecer, em tradução, um pouco mais da poesia alemã contemporânea.

Marcelo F. Lotufo, Ilha do Desterro, setembro de 2023

Tonprobe

Quando pensamos a partir de uma poesia contemporânea, que se esforça em fazer renascer algo do espanto infantil da conquista da linguagem, naquele tempo em que as palavras eram mágicas, então uma simples palavra alemã como "Tonprobe" [tom + prova] pode levar a vários campos de significação. Ela pode soar, primeiro, como uma palavra composta um tanto antiga, que designa o momento de uma apresentação musical em que microfones, instrumentos, sistemas de amplificadores e alto-falantes são afinados entre si, uma situação fronteiriça entre o verdadeiro e o simulacro, para a qual o termo em inglês "soundcheck" há muito é corrente; mas poderia também se tratar da descrição de um experimento, no qual uma amostra após uma reação química é retirada e analisada. Entretanto, as duas partes da palavra composta "Tonprobe" também apontam para diferentes significados. Tom/"Ton" nomeia [em alemão] um mineral de rochas sedimentares, argila, usado para fazer cerâmicas; uma nuance de cor; uma modulação da voz; um registro de fala num texto ou até aquele momento das videoconferências atuais em que os lábios de um/a chefe, por exemplo, movem-se mudos, pois seu áudio está desligado, numa caricatura involuntária das relações hierárquicas. Prova/"Probe" pode ser de coragem, outra situação-limite entre o verdadeiro e o simulacro, entre a juventude e a idade adulta, mas também a amostra [Probe] de uma mercadoria ou produto um encontro marcado para ensaiar uma peça de teatro ou música [Probe].

Fica em aberto se tive êxito em minha tentativa de dar ao termo mais uma nuance de significado. De todo modo, uma oficina de tradução de três dias, intitulada "Tonprobe", realizada em outubro de 2022, nas instalações do Goethe-Institut São Paulo, reuniu vários tradutores e tradutoras do alemão com ouvidos afiados. A partir de gravações de áudio que estão disponíveis na internet em lyrikline.org, trabalhamos juntos na tradução de poemas de cinco poetas contemporâneos alemães: Elke Erb, Ulrike Draesner, Björn Kuhligk, Christian Filips e Marit Heuß. O método foi tão simples quanto complicado – entregar-se ao som duro da prosódia alemã e promover uma tradução fonética com o fino teclado dos sons brasileiros. Os resultados são dignos de serem ouvidos. Esse foi o primeiro passo do aquecimento, que eliminou a hesitação entre os participantes e preparou o terreno para o verdadeiro trabalho colaborativo em traduções que colocaram as relações tonais, os meios poéticos e os elementos sensoriais dos originais em novas composições afinadas. Os resultados podem ser lidos nesta antologia.

O livro não é apenas fruto dessa oficina e das semanas seguintes, nas quais as traduções foram lapidadas, mas para além disso, é resultado de uma troca improvável, que começou nos tempos da pandemia — iniciada pelo poeta e tradutor brasileiro Douglas Pompeu, que me apresentou ao editor Marcelo Lotufo, que à época organizava debates online sobre literatura, ao vivo. A próxima recordação que tenho dele, indelével em minha mente, é de quando ele comprou jabuticabas numa feira de São Paulo; o gosto dessas frutinhas me lembrou mirtilos e uvas com um toque de maracujá.

Mas falemos da mescla de poetas que os aguardam. E creio ser impossível não pensar na feijoada servida há pouco num apartamento desses antigos de Berlim, no bairro de Halensee, por ocasião do aniversário do poeta brasileiro Leonardo Tonus. Havia diversos ingredientes sobre uma mesa decorada com flores: feijões pretos com linguiça defumada, arroz, farofa e um prato com laranjas fatiadas. À primeira vista, esses ingredientes parecem tão díspares, mas, juntos no prato e no garfo, são saborosíssimos. Espero que os poemas reunidos aqui combinem sonoramente — em que pese a diferença entre si das poéticas dos autores. Elke Erb (1938, Rheinbach) é uma grande dama da lírica alemã, que passou grande parte de sua vida na antiga Alemanha Oriental e trabalhou incansavelmente com modos de falar protocolares e modos de pensar marginais. Sua poesia atual é impregnada de humor e influências da poesia concreta e do Grupo de Viena, mas sempre atenta à geração mais jovem.

Ulrike Draesner (1962, Munique) é escritora, poeta e tradutora, além de professora de escrita criativa no Instituto de Literatura, em Leipzig. Publicou diversos livros de poemas, sendo *Doggerland* (2021) o mais recente, e está sempre experimentando com as formas literárias.

Björn Kuhligk (1975, antiga Berlim Ocidental) começou a escrever influenciado pela literatura pop, o punk, Jörg Fauser e Rolf-Dieter Brinkmann. Seus versos breves miram as situações cotidianas e o estresse da cidade grande, a falta de perspectiva dos marginalizados. Nos últimos anos, ele passou a se dedicar cada vez mais ao poema longo, como em *Die Sprache von Gibratar* [A língua de Gibraltar] (2016), sobre o regime de fronteiras europeias; e em *An einem Morgen im März* [Numa manhã de março] (2023), sobre a pandemia do coronavírus, seu mais recente livro de poemas.

Christian Filips (1981, Osthofen) é escritor, diretor e trabalha com dramaturgia musical; em 2017, criou em conjunto um coletivo de tradução chamado WIESE / جرم (Wie es ist). Publicou vários livros de poemas e, ainda por cima, morou por alguns anos com Elke Erb num esquema de república! Desde 2010, Filips edita, juntamente com Urs Engeler, os "roughbooks", uma série de poesia contemporânea.

Marit Heuß (1984, Schlema), a mais jovem da antologia, escreve poesia e prosa. Seus trabalhos foram publicados em diversas revistas e antologias. Em 2016 foi finalista do "Open Mike des Haus für Poesie" e do "Literarischen März". Em 2020, recebeu o prêmio de poesia Kammweg.

Os participantes da oficina enfrentaram os desafios formando diversas constelações. Usou-se, ao lado de dicionários e — espero que isso fique entre nós — da inteligência artificial, também a ferramenta digital de tradução "translate together" do arquivo online de poesia lyrikline.org. Surgiram assim as versões em português dos poemas alemães, que nesse meio tempo soam não apenas no ensaio, mas já à luz do palco, no verdadeiro concerto.

Timo Berger, Berlim, junho de 2023

[Tradução de Claudia Abeling e Luiz Abdala Jr.]

Passagem de som

Elke Erb

Nasceu em Scherbach, em 1938, mas mudou-se ainda criança para para Halle, na República Democrática Alemã. Desde 1966, vive em Berlim, onde trabalha como poeta, tradutora, ensaísta e crítica.

Dedicou-se aos estudos de germanística, eslavística, história e pedagogia, trabalhou como editora literária e traduziu autores como Rosmarie Waldrop, Aleksandr Púchkin, Marina Tsvetáieva, Anna Akhmátova e Velemir Khlébnikov.

Desde 1968 tem publicado diversas formas de escrita, passando por poemas, contos e seus famosos "textos processuais". Sua poesia tende a centrar-se no concreto, mas de uma perspetiva oblíqua; desenvolve frequentemente linhas de pensamento complexas numa sintaxe igualmente complexa.

Recebeu diversos prêmios, como o Peter Huchel (1988), o Georg Trakl (2012), o Ernst Jandl (2013) e o Georg-Büchner (2020). Traduzida por Rosmarie Waldrop, uma seleção dos seus poemas em prosa foi publicada em 1995 nos Estados Unidos, com o título *Mountains in Berlin*.

Urspüngliche Akkumulation

Ameisenstaat: Unterbringung. People-Verkehr.
Unds stiefelt. Verfrachtet. Nachtdunkle, nachtleere
Arbeiterviertel. Abträglichkeit, schartig, in allem.

Augen: Mary vom Lande
weiß durch Jahrhunderte nicht,
daß sie vom Land ist.

Kein Auf-Bau, kein Über-.
Das Heimchen die Geige.

Wolke, wohin du gewolkt bist.
Ein herrlicher Maitag – mir im Gemüte.

Augen: Robin von der Plantage
ist nicht mehr Unter-, doch auch kein Einbau:
Wies so geht macht sichs.
Worte Architekturinfektion sieche Strukturelemente.
Zivilisation blank – das „Wesen des Gartens".

Die Absicht, den Moloch zu modeln
(Problemannahme und -knete)
verloren. Disteln geköpft.

18.11.1995

Acumulação Primitiva

Estado-formiga: alojamento. Tráfego of people.
Passos largos. Entregue. Escuro da noite, vazio da noite
Bairro operário. Nocividade, chanfrada, por toda parte.

Olhos: Mary do campo
deixa que os séculos passem
sem saber que é do campo.

Sem infra-estrutura, sem super-.
O grilo o violino.

Névoa, onde estás enevoado.
Sublime dia de maio — na minha cabeça.

Olhos: Robin da plantação
não é mais subs-, e tampouco construção:
As coisas funcionam assim.
Palavras infecção arquitetônica elementos estruturais enfermos.
Civilização nua — a "essência do jardim".

A intenção de modelar o Moloch
(Presunção e massinha do problema)
está perdida. Cardos decapitados.

18.11.1995

[Tradução de Sofia Mariutti]

Ein zahmer Konjunktiv

Die Straßenbahn kommt nicht Hält nicht Schließt die Tür
bevor du das Trittbrett erreichst.

Etwas ist kompliziert, nicht unkompliziert.
Wäre es unkompliziert, könntest du ... Das Herz eine Katze

auf dem Sprung Ereignislos
steht der Erlenstamm von oben bis unten.

Eine Straßenbahn kommt nicht
Das sollte nicht sein

Allerhand Logiken
Mit dem Rücken zu dir Mit Messer und Gabel vor sich

Gelegentlich miaut etwas Klappert
Ohr du und Gegend.

Condição domesticada

A condução não vem Não para Fecha a porta
antes mesmo que você suba.

É complicado, não descomplicado.
Fosse descomplicado, você poderia... O coração um gato

em sobressalto Nada acontece
raízes do amieiro de cima pra baixo.

Uma condução não vem
Não deveria ser assim não

Lógicas pra dar e vender
De costas pra você De garfo e faca em punho

Uma hora dessas algo mia Chacoalha
Orelha você e entorno.

[Tradução de Henrique Silva Moraes e Luiz Abdala Jr.]

Verrücke

Geh doch auf die Eisscholle: klare Verhältnisse,
geh vom Unort, fort auf die Eisscholle und dann
die nächste nach der ersterwähnten
(klare Verhältnisse). Verrücke
die eigene Position, dort
befindest du dich,
kein Fazit.

Passate, die Eisschollen wandern so auch, das Wasser
wallt, wellt, wogt; kommt nicht mehr auf? Musik?

Die Idee der Idee, Mondlicht, Veilchenduft
(eines Körbchens, am Markt früh,
in dem noch nassen Grase
gepflückt, unter feinen
Federwölkchen.)

21.11.04

Desatina

Vai logo sobre as calotas de gelo: claras condições
vai-te embora nas calotas do não-lugar e aí
as próximas após a mencionada antes
(claras condições). Desatina
a própria posição, lá
te encontras,
sem atalho.

Alísios, assim também viajam as calotas de gelo, a água
ebuli, ondula, embalar; não se levanta mais? Música?

A ideia da ideia, luar, aroma de violeta
(de um cestinho, cedo na feira,
onde a grama colhida ainda
molhada, debaixo de finas
nuvenzinhas de plumas.)

21.11.04

[Tradução de Mariana Holms]

Wolken darüber. ich weiß nur das eine

Ich gehe neben dem Rad.
Der Wagen ist höher als ich.
Er fährt eine hohe Fracht.

Dahinter die Giebel stehn
zart mit der Luft.

Sie schließen die Dächer.

So steigt es rechts von mir weiter.
Dann endet es, aber rechts vorn
ragt der Kastanienbaum.

Ein Landweg, im Dorf, eine
Dorfstraße, unsere.

Die Fuhre fährt hinaus.
Der Fuhrmann auf seinem Kutschbock?
Blickt lustig. Die Ochsen blicken wie Ochsen.

Ich blicke ernst.
Wer entgegen kommt, sieht es.

Ich bin eine Achtjährige.
Der Fuhrmann – im Alter des Fuhrmanns.
Die Ochsen sind ihr Teil Ochsen.

Neben meiner Schläfe rechts
das Trapez der hölzernen Wagenwand.

Nuvens por cima. só sei de uma coisa

Eu ando ao lado da roda.
A carroça segue acima de mim.
Ela leva uma alta carga.

Ao fundo, os telhados
acariciam o ar.

Eles fecham os tetos.

Assim segue subindo à minha direita.
Então acaba, mas em frente, à direita,
ergue-se a castanheira.

Uma estrada de chão, na vila, uma
viela, a nossa.

O carregamento se afasta.
O cocheiro em seu assento?
Cara engraçada. Os bois têm cara de boi.

Estou de cara séria.
Quem passa por mim, nota.

Tenho oito anos.
O cocheiro — a idade do cocheiro.
Os bois por sua vez são bois.

À direita do meu rosto
o trapézio da carroça de madeira.

Links – nichts, der Garten; entfernt,
wo er endet, das Elternhaus.

Ich gehe mit der Fracht.
Der Fuhrmann blickt verschmitzt.
Unter dem Mützenschirm

die ewigen Lachfältchen.

Ich bleibe neben dem Rad,
als sei ich es, die ab und zu
achtsam die Zügel bewegt.

Unter den Schwingen, was ist.
Ein sachter Flug.

30.11.1997 / 23.1.1998

À esquerda — nada, o jardim; lá longe,
onde ele termina, a casa dos pais.

Eu ando junto à carga.
O cocheiro tem cara de malandro.
Debaixo da aba do quepe

o eterno sorriso.

Eu sigo ao lado da roda,
como se fosse eu, vez em quando,
mexendo atenta as rédeas.

Debaixo do balanço, eis.
Um vaivém suave.

30/11/1997 - 23/1/1998

[Tradução de Matheus Guménin Barreto e Sofia Mariutti]

Christian Filips

Nasceu em Osthofen, em 1981.

Estudou filosofia, literatura e ciência da música em Viena e Berlim. Recebeu o Prémio Rimbaud em 2001, por seus primeiros poemas.

Vive em Berlim, como escritor, encenador e dramaturgo de concertos.

Desde 2010, edita com Urs Engeler os "roughbooks", uma importante série de poesia contemporânea. É responsável pela programação da Sing-Akademie zu Berlin, um coro tradicional em Berlim. Seus trabalhos de palco foram apresentados em vários teatros da Alemanha, mas também no exterior, em cidades como Mumbai ou Nairobi.

Trabalha ainda como tradutor freelance de poesia de línguas europeias (neerlandês, inglês, italiano), mas também em tandens e coletivos de línguas que não domina.

Em 2023, foi curador do "poetica 8", um festival de literatura mundial em Colônia, e recebeu o Prémio Literário de Poesia em tradução da cidade de Erlangen.

Wie Wasser kocht,

Wie Wasser kocht,
erwarte ich den Liebsten.

Der Liebste kocht in mir
wie Wasser kocht.

Bedingungslos der Liebste
sprudelt – Ich

koche Tee.

Und sehe – selber Blase –
Blasen lieben.

Erst bin ich vier, dann Viertel
nach, dann sieben. Erst siede,

dann koch ich.
Dann Rauch.

Como a água ferve,

Como a água ferve,
espero pelo amado.

O amado ferve em mim
como a água ferve.

Incondicional o amado
borbulha – Eu

fervo chá.

E vejo – vejo-me bolha –
bolhas amarem.

Antes sou quatro, então quatro
e quinze, então sete. Antes de ebulir,

eu fervo.
Então fumo.

[Tradução de Henrique Silva Moraes e Luiz Abdala Jr.]

Als ich neulich nachts

Als ich neulich nachts
an die Wand gedrückt, wieder

(Ich-Taste) wie damals, mit sechs
oder sieben, die Eltern (im Traum

sind im Krieg)
kalt weiß massiv

(im Scheidungskrieg) geblieben
der Eindruck, den die Wand

ihm – wem? –
wieder gut macht:

Zugewandter
wendet die Wand sich

zu.

Quando nessas noites

Quando nessas noites
contra a parede, de novo

(Eu-Tento) como antes, com seis
ou sete, os pais (no sonho

em guerra)
frio branco maciço

(guerra afetiva) resta
a impressão, que a parede

a ele – quem? –
de novo repara:

Regressa
a parede re-

volve.

[Tradução de Henrique Silva Moraes e Luiz Abdala Jr.]

ein weißer Schnürsenkel-

Blitz jetzt. Das ist
Mamas Hand, wie sie knotet! –

Verknoten beibringt mir
ihm beibringen will: sie
sitzt ihrem Sohn gegenüber
bindet die Senkel,
so, beide Hände
Hände beide linksrum in der Schlaufe
weiß sie
– wierum? sorum? Löffelstil

gleich selber, nein hierum!
nicht mehr –

ach spiegelverkehrt,
Mutter Gottes!
Bald schnüren wir ihn
Bald er uns

um lampejo de cadarço

branco, agora. É a mão
de mamãe, como ela amarra! -

me ensina a fazer nós
quer ensinar nós a ele: ela
se senta em frente ao filho
amarra o cadarço,
assim, as duas mãos
mãos as duas pra esquerda no laço
ela sabe
– pra-como? pra-assim? lacinho

repete, não, pra cá!
para –

ah, errei, como espelho,
mãe de Deus!
Por vezes atamos seus nós
Por vezes ele a nós

[Tradução de Matheus Guménin Barreto]

… Schlaf

ein Gletscher, jahrtausendealt
meine Hand.

Und in ihr ein Ziehn … wohin?

Halt! Da-Greift etwas
Das

fühlt sich an

wie jeder
wie peitschendes
Leder wie Schnee

...Sono

uma geleira, milenar
minha mão.

E nela um repuxar... pra onde?

Pare! Tá pegando aqui
Isso

parece

qualquer um
como couro
de chicote como neve

[Tradução de Henrique Silva Moraes e Luiz Abdala Jr.]

Der Platz hat

einen Turm

gar nicht weit von mir,
hier.

(Noch steht er, unbeweglich
regungslos da)

Der Turm: eine Aussicht

die Aussicht

hat Zukunft. Diese Zukunft –

hoch, die!

        immer höher
                schwindelnde
                                wendelnde
                                                Treppe! –

hat Zeit.

A praça tem

uma torre

meio perto de mim,
aqui.

(Ainda de pé, parada,
aí, impassível)

A torre: um horizonte

O horizonte

tem perspectivas. Essas perspectivas —

pra cima, elas!

sempre mais altas
vertiginosas
espiralantes
escadas! –

têm tempo.

[Tradução de Matheus Guménin Barreto e Sofia Mariutti]

Ulrike Draesner

Nasceu em Munique, em 1962.

Assumiu em 2018 o cargo de professora de Literatura Alemã e Escrita Criativa no Deutsche Literaturinstitut Leipzig e vive entre Oxford e Berlim.

Em 1995 publicou seu primeiro livro, a coletânea de poemas *gedächtnisschleifen*. Nos últimos vinte anos, publicou sete coletâneas de poesia, cinco romances, vários volumes de ensaios e contos, peças de teatro radiofónico e traduções do inglês e do francês.

Mais recentemente tem se voltado cada vez mais para questões de multilinguagem e do mundo natural.

Recebeu numerosos prémios, entre eles o Hölderlin Förderpreis 2001 e o Preis der Literaturhäuser, em 2002.

Tem sido traduzida em diversos idiomas.

bahn übern bogen (savignyplatz, berlin)

blinkt
bar & busen
blinkt
buntgestreifte domina
stellt sich
auf,
auf: die

straßen ohne regung, rollen
lippen, licken, rollen
schwarze strümpfe über
hüften, lippen

warten ohne regung: straßen,
lecken krusten ganz
im strumpf semipermeabel
schwarze linien

blinkt,
was ein gesicht
war zwei brüste,
blinkt bar &
code: sie

wechselt das standbein
stumm gleiten passanten
die blicke ab rattert
bahn übern bogen

trem sobre arcos (savignyplatz, berlim)

pisca
cash & peitos
pisca
dominatrix montada
se dis-
põe
põe: nas

ruas sem movimento, deslizam
lábios, lambem, deslizam
meias pretas sobre
quadris, lábios

esperam sem emoção: ruas,
lambem chagas todas
na meia semipermeáveis
linhas pretas

pisca
o que era um rosto
dois peitos
pisca cash &
senha: ela

muda a perna de apoio
gentes mudas passam
ignoram trepida
trem sobre arcos

polster, plüsch nebenan
café hegel, happy hour
schnippt der kellner
reich wie runter,

lallt verirrter GI
von glimpses & glucks,
sie den stiefel
hoch die hüfte

vor: die
taxifahrer reden ost,
was fakt ist ist fakt,
take-away an der ecke

riecht wie nasses papier
pope mit geschlossenen augen
steht sich, madonnenbereich,
beine in den bauch

rattert bahn übern bogen,
handschuh, glatt, weiß, zeigt
kahle büsche voller kameras
schwanken klicken los

richtung
kant-straße
rollt
der kindische geist von
professor savigny

leise kichernd dass
er et

acolchoado, plush ao lado
café hegel, happy hour
garçom estala dedos
luxo como lixo

balbucia GI confuso por
glimpses & glucks,
ela as botas
empina a

bunda: os
taxistas de sotaque oriental
o que é fato, é fato
take-away na esquina

cheira a papel molhado
buda de olhos fechados
de pé entre nossas senhoras
juntando pó

trepida trem sobre arcos
luva, lisa, branca, mostra
plantas sem folhas muitas câmeras
focalizam clicam clicam

direção
kant-strasse
corre
o espírito infantil do
professor savigny

rindo baixinho, que
ele come-

-was verg-
essen hat

hunger was
geschichte war
scharfe eß-bahnen
(& wie er da lacht)
blinkt
vom pappteller
in seiner hand
unleserlich
blinkt
ein chinesisches
zeichen

ele esque-
ce algo

eram fomes
era história
food-trucks picantes
(& como ele gargalha)
pisca
com o prato de papel
na mão
ilegível
pisca
um ideograma
chinês

[Tradução de Claudia Abeling e Mariana Holms]

what is poetry?

putzen staubsaugen rotz abwischen geschürftes knie
bauch streicheln zum einschlafen oder wenn er wehtut
ein bettlied singen vorlesen die beine spreizen empfänglich
und tröstlich sein die wäsche in die trommel stopfen
schamhaare aus dem abfluß fischen zum zehnten mal
den klodeckel schließen die gesamten becher der familie
auf der spülmaschine abgestellt in die maschine räumen
fluchen aber unhörbar an die erziehung des mannes
denken jede erziehung aufgeben sich bücken den hund
füttern mensch ärgere dich nicht spielen wie ein trottel
endlich im bad tür von innen abschließen nach einer minute
riesengeschrei: rotz abputzen marmeladenbrot schmieren
marmeladenbrot vom teppich klauben badeanzüge
auswaschen selbst den ganzen tag nicht rausgekommen
hausschlüssel suchen multi-tasking bewundern
und verachten als mutti-tasking verhören toten vogel
vom fensterbrett schippen sich nicht ekeln ihn
in den garten bringen blick auf den sonnensturm
schmetterlinge das ganze zeug am tümpel (muss
auch endlich saubergemacht werden) libellen
für sekunden die spiegelung
sehen: sich selbst
            halbdämmrig, klein
            ein kind das die weißen
            zähne zeigt, deine zähne

es ist dein körper
du weißt kein besseres wort
            für das, was du siehst, lebendig
            und von dir

what is poetry?

faxinar aspirar limpar ranho joelho esfolado
acariciar barriga pra fazer dormir ou quando ela dói
cantar uma canção de ninar ler em voz alta abrir as pernas receptiva
consoladora meter a roupa na máquina
catar pentelho do ralo pela décima vez
fechar a tampa da privada botar as canecas
largadas da família na máquina
praguejar baixinho pensar na educação do marido
desistir de toda educação se curvar alimentar
o cão jogar paciência como otária
enfim no banheiro trancar porta por dentro depois de um minuto
berreiro total: lavar ranho passar geleia no pão
catar pão com geleia do tapete enxaguar
maiôs trancada em casa o dia todo
caçar chaves de casa admirar multi-tasking
odiar mami-tasking apanhar pomba morta
do parapeito sem ter nojo levar
pro jardim olhos no sol de rachar
borboletas a tralha toda do laguinho (ainda
tem que ser limpa) libélulas
por segundos ver o
reflexo: você mesma
          meio na sombra, pequena
          uma criança que mostra os
          dentes de leite, seus dentes

é o seu corpo
você não tem palavra melhor
          para o que vê, vivo
          e diferente

unterschieden
weiß es mehr über dich als dir recht
sein kann es sagt: ich liebe
dich tiefer als einen wald

es sagt: dunkel ist das innere des mundes
und alles was denkt

de si
sabe mais de você do que você
gostaria e diz: eu te
amo para além da floresta profunda

e diz: escuro é o céu da boca
e tudo que pensa

[Tradução de Claudia Abeling, Mariana Holms,
Matheus Guménin Barreto e Sofia Mariutti]

Björn Kuhligk

Nasceu em Berlim, em 1975.

É um dos jovens poetas mais importantes da Alemanha e ganhou diversos e prestigiados prêmios e bolsas. Publicou em várias revistas e antologias, além dos volumes de poesia *Es gibt hier keine Küstenstraßen* (2000), *Am Ende kommen Touristen* (2002), *Großes Kino* (2005), *Die Sprache von Gibraltar* (2016) e o recente *An einem Morgen im März* (2023), sobre a pandemia do coronavírus.

Editou o jornal literário "lauter nobody", dirigiu a oficina "open poems" na literaturaWERKstatt Berlin / Haus für Poesie e a "Schreibzimmer" na Literaturhaus Frankfurt.

Junto com o poeta Jan Wagner publicou a aclamada antologia *Lyrik von Jetzt* (2003), com o objetivo de promover a jovem poesia alemã.

Escreve regularmente comentários e reportagens literárias para *zeit online*, *taz* e *Das Magazin*

Vive em Berlim, onde trabalha como livreiro e fotógrafo.

Das Gedicht geht durch einen Körper und grüsst nicht mal

I

Wenn man durch ein Land reist, ist das Land eine Reise wert.
Wenn man eine Siedlung verlässt, erreicht man eine andere.
Wenn man ein Gedicht geschrieben hat, schreibt man ein nächstes.
Wenn das eine Freude ist, ist das eine Freude.
Wenn man ein Bier trinkt, trinkt man ein Bier.
Wenn das schön ist, ist es schön.
Wenn ich das so weiter mache, mache ich so weiter damit.
Wenn ich einen Wurstsalat esse, esse ich einen Wurstsalat.
Wenn das eine Freude ist, dann ist das eine Freude.
Wenn man das eigene Leben als Material benutzt, dann ist das so.
Wenn man eine neue Grammatik erfinden möchte, kann man das tun.
Wenn man eine neue Wahrnehmung erzeugen möchte, kann man
[das tun.
Wenn man etwas zertrümmern möchte, möchte man etwas zertrümmern.
Wenn man etwas tun möchte, möchte man etwas tun.
Wenn man das jetzt so weitermacht, dann macht man so weiter damit.
Wenn eine Kartoffel was zur anderen sagt, dann sagt sie: Ich möchte
[nicht gegessen werden.
Wenn sie noch was sagen kann, dann kann sie sagen: In der Erde war
[es besser.
Wenn man das jetzt so weiter macht, dann macht man so weiter.

O poema perpassa o corpo e nem sequer cumprimenta

I

Quando você atravessa um país, o país vale a viagem.
Quando você passa por um assentamento, você alcança um outro.
Quando você escreveu um poema, começa a escrever o próximo.
Quando é uma alegria, é uma alegria.
Quando você bebe uma cerveja, bebe uma cerveja.
Quando é bonito, é bonito.
Quando eu continuo com isso, continuo com isso.
Quando como uma salada de salsicha, como uma salada de salsicha.
Quando é uma alegria, é uma alegria.
Quando você usa sua vida de material, então é isso mesmo.
Quando você quer inventar uma nova gramática, você consegue.
Quando você quer destroçar uma coisa, então você quer destroçar
[uma coisa.
Quando você quer fazer uma coisa, então você quer fazer.
Quando você continua com isso, então continua com isso.
Quando uma batata fala com a outra, ela diz: não quero que me
[comam.
Quando ela consegue falar mais, então ela consegue dizer: na terra
[era melhor.
Quando você continua com isso, então continua com isso.

Fährt man von der Quelle zu den Leuchttürmen, fährt man nicht von
[den Leuchttürmen zur Quelle.
Rede ich über Brackwasser, rede ich nicht über Hochseefischerei.
Rede ich über Algebra, was ich nie mache, rede ich über etwas, von dem
[ich nichts verstehe.
Rede ich über das Wetter, kann ich darüber reden.
Rede ich über Fotografie, habe ich eine Ahnung davon.
Rede ich über Theater, weiß ich zu wenig, um darüber reden zu können.
Rede ich über Gedichte, denke ich, ich sollte nicht darüber reden.
Schreibe ich Gedichte, schreibe ich Gedichte.
Schreibt man Gedichte, genügt das.
Fährt man von der Quelle zu den Leuchttürmen, dann macht man das.
Wird man pathetisch, dann muss die Heide brennen.
Wird man leise, wird man leise.
Stellt man sich eine Schreibaufgabe, hat man eine Schreibkrise.
Hat man eine Schreibkrise, sollte man seine Zeit mit anderem verbringen.
Sagt man Krise, sollte ein Land brennen.
Schreibt man ein Gedicht, dann schreibt man es.
Schreibt man keins, dann schreibt man keins.
Sagt man immer wieder man, weiß irgendwann niemand mehr, wer
[gemeint ist.
Sagt man immer wieder man, meint man nur sich selbst.
Sagt man immer wieder man, sind alle gemeint.
Sage ich immer wieder wir, sagt irgendwann jemand, ich bin nicht dein
[wir, mein Großvater wollte niemals auf eine DGB-Demo schießen.
Fährt man von der Quelle zu den Leuchttürmen, schwimmen Lachse mit.
Fährt man von den Leuchttürmen zur Quelle, schwimmen Lachse mit

2

Se você vai da fonte para os faróis, você não vai dos faróis para a fonte.
Se eu falo de água salgada, não falo de pesca em alto mar.
Se eu falo de álgebra, o que nunca faço, falo de algo de que não
[entendo nada.
Se falo do tempo, consigo falar.
Se falo de fotografia, tenho alguma noção.
Se falo de teatro, sei muito pouco pra conseguir falar sobre isso.
Se falo de poemas, penso que não deveria falar sobre isso.
Se escrevo poemas, escrevo um poema.
Se você escreve poemas, isso basta.
Se você vai da fonte para os faróis, então você faz isso.
Se você é patético, então até o cerrado arde.
Se você é tranquilo, você é tranquilo.
Se você se obriga a escrever, você tem uma crise.
Se você tem uma crise, deveria gastar o seu tempo fazendo outra coisa.
Se você diz crise, um país deve arder.
Se você escreve um poema, então você escreve.
Se não escreve nenhum, então não escreve.
Se você fica falando você, uma hora ninguém sabe mais de quem
[você está falando.
Se você fica falando você, passa a falar só de si.
Se você fica falando você, passa a falar de todo mundo.
Se eu fico falando nós, uma hora alguém fala eu não sou o seu nós,
[meu avô nunca quis atirar nos manifestantes sindicais.
Se você vai da fonte para os faróis, o salmão nada junto.
Se você vai dos faróis para a fonte, o salmão nada junto.

3

Ich weiß, dass Kunst nur die traurige Zusammenballung aller Defizite ist.
Ich weiß, dass mir dieser Gedanke sehr logisch erscheint.
Ich weiß, dass ich mit diesem Gedanken Gedichte schreibe.
Ich weiß, dass ich Menschen, die Gedichte schreiben und sich öffentlich
[über Gedichte im Allgemeinen äußern, merkwürdig finde.
Ich weiß, dass ich haupt- oder nebenberufliche Kritiker von Gedichten
[merkwürdig finde, weil sie eine Vorstellung
[von dem haben, was ein Gedicht sein soll.
Ich habe mal in einem französischen Film eine Strandszene gesehen, in
[der ein Mann einer Frau sagte: „Madame, ich möchte
[mit ihrer Tochter schlafen. Es soll wie ein
[Gedicht sein, was ich ihnen widme."
Ich weiß nicht, was ein Gedicht ist.
Ich weiß, dass jemand, der sich für einen großen oder wichtigen Dichter
[hält, einen Knall hat.
Ich weiß, dass jedes größere Kind ein Gedicht schreiben kann.
Ich weiß, dass Jugendliche Gedichte schreiben.
Ich weiß, dass ich erwachsen bin und immer noch Gedichte schreibe.
Ich weiß, dass jedes Gedicht die Ballung aller Defizite ist.
Ich habe mal geschrieben, dass ich das mit „Bier" betitelte Gedicht von
[Karl Mickel über die Alpen tragen würde, um den
[Fortbestand dieses Gedichts zu sichern.
Ich weiß, dass ich die Alpen falsch einschätze.
Ich weiß, dass jedes Gedicht traurig ist.
Ich weiß, dass ich keine Traurigkeit über die Alpen tragen möchte.
Ich weiß, dass ich Gedichte schreibe, weil ich Gedichte schreiben will.
Ich weiß, dass diese Logik bahnbrechend ist.

3

Eu sei que a arte é só a triste concentração de todas as faltas.
Eu sei que esse pensamento me parece muito lógico.
Eu sei que escrevo poemas com esse pensamento.
Eu sei que acho estranhas as pessoas que escrevem poemas e falam
[publicamente sobre poemas em geral.
Eu sei que acho estranhos os críticos de poemas, os amadores e os
[profissionais, porque eles têm uma ideia
[do que um poema deve ser.
Eu vi uma vez, em um filme francês, uma cena na praia em que um
[homem falava para uma mulher: "Madame, eu quero
[passar uma noite com a sua filha. É pra ser como
[um poema que eu dedico a você".
Eu não sei o que é um poema.
Eu sei que alguém que se considera um poeta grande ou importante
[perdeu a noção.
Eu sei que toda criança maior consegue escrever um poema.
Eu sei que adolescentes escrevem poemas.
Eu sei que sou adulto e que ainda escrevo poemas.
Eu sei que todo poema é a concentração de todas as faltas.
Eu escrevi uma vez que eu carregaria um poema do Karl Mickel,
[intitulado "Cerveja", para o alto dos Alpes,
[para garantir que ele continuasse existindo.
Eu sei que estou errado sobre os Alpes.
Eu sei que todo poema é triste.
Eu sei que eu não quero carregar tristeza nenhuma para o alto dos
[Alpes.
Eu sei que eu escrevo poemas, porque quero escrever poemas.
Eu sei que essa lógica é revolucionária.

4

Das Gedicht grenzt im Westen an die Vereinigten Staaten der
[Zwecklosigkeit.
Das Gedicht grenzt im Osten an eine freiwillige Feuerwehr.
Das Gedicht grenzt im Süden an eine Tüte Bio-Mehl.
Das Gedicht grenzt im Norden an subventionierte Kinderbetreuung.
Das Gedicht grenzt, wenn es Grenzen hat, an seine Selbstgefälligkeit.
Das Gedicht geht durch einen Körper.
Das Gedicht geht durch meinen Körper.
Das Gedicht geht durch meinen Körper und grüßt nicht mal.
Das Gedicht holt sich, was es braucht.
Das Gedicht braucht Jahre, zwei Minuten.
Das Gedicht wird manchmal richtig scheiße.
Das Gedicht wird dann gelöscht.
Das Gedicht ist so dämlich wie der, der darüber redet, darüber schreibt.
Das Gedicht ist so klug wie der, der ins Museum geht.
Das Gedicht braucht keine Schlaumeierei, keine Milchmädchenrechnung.
Das Gedicht braucht kein Schreiben über das Gedicht.
Das Gedicht will geschrieben, will gemacht werden.
Das Gedicht will nicht geschrieben, will nicht gemacht werden.
Das Gedicht ist ein Hüttenkäse.
Das Gedicht will sagen: Lasst mich in Ruhe, wenn ich fertig bin.
Das Gedicht will sagen: In der Ziege war es besser.
Das Gedicht will sagen: Woher weißt du, was ich will und warum kann
[ich überhaupt reden.

4

O poema faz divisa, a oeste, com os Estados Unidos da Inutilidade.
O poema faz divisa, a leste, com o corpo de bombeiros voluntários.
O poema faz divisa, ao sul, com um pacote de farinha orgânica.
O poema faz divisa, ao norte, com a creche subvencionada.
O poema faz divisa, quando tem divisas, com a própria prepotência.
O poema perpassa um corpo.
O poema perpassa o meu corpo.
O poema perpassa o meu corpo e nem sequer cumprimenta.
O poema vai buscar o que ele precisa.
O poema precisa de anos, dois minutos.
O poema às vezes fica uma merda.
O poema é então deletado.
O poema é tão imbecil quanto aquele que fala dele, que escreve
[sobre ele.
O poema é tão inteligente quanto quem vai no museu.
O poema não precisa de palestrinha, de cálculos de araque.
O poema não precisa da escrita sobre o poema.
O poema quer ser escrito, quer ser feito.
O poema não quer ser escrito, não quer ser feito.
O poema é um queijo cottage.
O poema quer dizer: me deixa em paz assim que eu estiver pronto.
O poema quer dizer: na vaca era melhor.
O poema quer dizer: como você sabe o que eu quero, e por que é
[mesmo que posso falar.

5

Ich schreibe, wenn etwas kommt.
Ich schreibe, wenn etwas nicht kommt.
Ich schreibe, wenn etwas ankommt
Ich schreibe, wenn etwas nicht ankommt.
Ich schreibe, wenn die Defizite.
Ich schreibe, wenn auf einem T-Shirt steht „I´m a muslim, not a bomb".
Ich schreibe, wenn die Tiefe, die Höhe, das Dazwischen.
Ich schreibe, wenn die Apnoe-Taucher, die Speedclimber.
Ich schreibe, wenn diese verdammten Schmerztiere.
Ich schreibe, wenn diese Verwahrlosung.
Ich schreibe, wenn dieses Dieses.
Ich schreibe, wenn die Schönheit eines Feldes.
Ich schreibe, wenn das Schweigen, die Stille.
Ich schreibe, wenn die Defizite.
Ich schreibe, wenn das gefrostete Stück Wiese vor einem Familienhaus.
Ich schreibe, wenn die Heide brennt.
Ich schreibe, wenn das Land brennt.
Ich schreibe, wenn die Hochstuhlrocker, die Badewannenwasser-
[Kapitäne.
Ich schreibe, wenn die Liebe, der Hass, die Leere undsoweiter.
Ich schreibe, wenn der von Schnee bedeckte, an der Ampel wartende
[Hund und seine Ahnungslosigkeit.
Ich schreibe, wenn größere Aufmerksamkeit versprochen wird.
Ich schreibe, wenn Geld geboten wird.

5

Eu escrevo quando vem alguma coisa.
Eu escrevo quando não vem nada.
Eu escrevo quando chega alguma coisa.
Eu escrevo quando não chega nada.
Eu escrevo quando as faltas.
Eu escrevo quando uma camisa tem o escrito "I'm a muslim, not
[a bomb".
Eu escrevo quando a profundidade, a altura, o meio.
Eu escrevo quando o mergulhador em apneia, o speed climber.
Eu escrevo quando esses animais com dor.
Eu escrevo quando esse abandono.
Eu escrevo quando esse isso.
Eu escrevo quando a beleza do campo.
Eu escrevo quando o calar, o silêncio.
Eu escrevo quando as faltas.
Eu escrevo quando o pedaço congelado de jardim diante da casa
[de família.
Eu escrevo quando o cerrado arde.
Eu escrevo quando o país arde.
Eu escrevo quando os barulhentos nas cadeiras de bebê, os capitães
[de água de banheira.
Eu escrevo quando o amor, o ódio, o vazio etudomais.
Eu escrevo quando o cachorro coberto de neve, esperando no sinal,
[e a sua indiferença.
Eu escrevo quando prometem uma atenção maior.
Eu escrevo quando oferecem dinheiro.

6

Ich antworte, ich schreibe sie mit den Händen.
Ich antworte, ich lebe zeitweise und teilweise davon und damit und
[gut und danke.
Ich antworte, dass ich darauf nicht antworten werde, Sie fragen doch
[auch keinen Roman-Autor, warum er keine Gedichte schreibt.
Ich antworte, dass jedes Hoch- oder Flachhaus mehr Erotik hat.
Ich antworte, dass jedes geschlossene Gewässer mehr von allem hat.
Ich antworte, dass ein Feuerwehrfest in Posemuckel mehr Menschen
[erfreut.
Ich antworte, dass diese Tätigkeit mehr Lächerlichkeit hat als ein Feuerwehrfest in Posemuckel.
Ich antworte, dass diese Tätigkeit mehr Ernsthaftigkeit hat als ein
[Feuerwehrfest in Posemuckel.
Ich antworte, dass ich etwas mache, was Jugendliche tun.
Ich antworte, dass das eine Fehlschaltung ist.
Ich antworte, dass es ein Handwerk ist.
Ich antworte, ich bin manchmal glücklich dabei.
Ich antworte, ich schreibe sie mit den Händen.

6

Eu respondo que os escrevo com as mãos.
Eu respondo que vivo de tempos em tempos deles e com eles e
[muito bem obrigado.
Eu respondo que não vou responder à pergunta, você também não
[pergunta a um autor-de-romance por que ele não escreve poemas.
Eu respondo que qualquer edifício ou casa é mais erótico.
Eu respondo que qualquer açude tem mais de tudo.
Eu respondo que uma festa do corpo de bombeiros dos cafundós
[anima mais gente.
Eu respondo que essa atividade tem mais alegria que uma festa do
[corpo de bombeiros dos cafundós.
Eu respondo que faço uma coisa que adolescentes fazem.
Eu respondo que isso é um mau funcionamento.
Eu respondo que é um trabalho manual.
Eu respondo que de vez em quando fico feliz com isso.
Eu respondo que os escrevo com as mãos.

[Tradução de Henrique Silva Moraes]

Marit Heuß

Nasceu em Schlema, em 1984.

Estudou língua e literatura alemãs, história da arte e educação artística em Dresden e doutorou-se em língua e literatura alemãs em Leipzig, onde vive desde 2015.

Escreve poesia e prosa. Seus trabalhos foram publicados em revistas e antologias, mais recentemente em *die horen* (H. 289), *manuskripte* (H. 227, H. 232) *Weltbetrachter. Nova poesia. Eine Anthologie aus Sachsen* (poetenladen: Leipzig 2021), *Jahrbuch der Lyrik (Schöffling: Frankfurt a. M. 2022).*

Entre 2013 e 2015 participou diversas vezes da Oficina de Texto de Darmstadt. Em 2016, foi também finalista do "Open Mike der Literaturwerkstatt Berlin/Haus für Poesie" e, em 2019, da "Marcha Literária". Foi bolsista da Fundação Cultural do Estado Livre da Saxónia em 2015 e 2020 e da Künstlerhaus Edenkoben em 2020, ano em que recebeu o Prémio de Poesia Kammweg.

Onkel-Schau

Und da waren diese Straßen mit Siedlungshäusern und an jedem
[Fenster stand,
mit jener Starre ptolemäischer Skulpturen, ein Onkel,
gekleidet in englischrote Turnhosen und Feinripphemden (oh
[Anblick)
diese Onkel brüllten auf mich ein, schrien mich an (oh subtile
[Unterredung)
Onkel schreckten mich mit lauter Singstimme ein (oh schöner
[Tischgesang)

Onkel sprachen mich mit Zynismus an (oh lustige Späße, oh
[frecher Scherz)
fragten aus schattigen Augen nach meinem Freund (oh nachsichtig
[zu verzeihende Frage),
deuteten mit dem Handrücken gegen mein Gesicht (oh Dank, oh
[Milde des Anklangs)
Onkel rückten mit selbst gebauten Grasmähern gegen mich an,
es gab keinen Onkel hier in diesen Straßen, der nicht gegen mich
[vorgegangen wäre

dabei flog doch ein Schwarm Schwäne auf, Schwäne über diese
[Siedlung hinweg, schaut!
(und auch die Schwäne, hier selbstredend nicht hold, trieben
[schwerfällig aus den Abräumen auf)
Wehe, wie ich sie schmallippig bestaunte (die poetische Rede lässig
[markierend)
ich im Flügelrhythmus der Tiere meinen Roller trieb (immer
[nachhause, immer nachhause!)
mein Geist in mir träumend (das heißt: voll namenloser Angst)

Expo-Tios

E lá havia essas ruelas com assentamentos de casas e em cada
[janela, de pé,
com aquela rigidez das esculturas ptolomaicas, um tio,
vestido de shorts de ginástica vermelhos e regata de malha
[(que cena) esses tios gritavam pra mim,
[berravam comigo (que conversa sutil)
tios me assustavam com um vozerio alto (que bela cantoria)

tios me tratavam com cinismo (que troça jocosa, que piada
[descarada) perguntavam com olhos suspeitos dos
[meus namorados (que perguntinha perdoável),
apontavam com as costas das mãos contra a minha face (que
[graça, que eco gentil)
tios se aproximavam de mim com cortadores de grama caseiros,
[não havia tio aqui nessas ruelas que
[não houvesse agido contra mim

ali, uma série de cisnes sobrevoava, cisnes sobre esse
[assentamento, veja só!
(e também os cisnes, certamente nada dóceis, içavam-se
[sonolentos do aterro)
Ai, como a admirei com os lábios crispados (o discurso poético
[insinuando-se lasso)
eu, em ritmo de asa animal flutuava sobre rodas (sempre pra
[casa, sempre pra casa!)
meu espirito sonhando em mim (quer dizer: puro medo
[inominável)

[Tradução de Ana Schneider]

Windchiffon

Windchiffon wo wird er gewebt
ich trag ihn an Juniabenden
Wege stadtauswärts
schleif ich den Windchiffon
spindeldürr und mir selbst genug
durch zertretene Sauerkirschen
trage meine Schleppe durch schulterhohes Gras
unter Überlandleitungen durch
die nichts mit mir zu tun haben
ich gehe im Windchiffon sonst nichts
vielleicht ein Lumpensack in dem ich geh
aber heller die Träume im Windchiffon
vielleicht nie von Olympiern gewebt
aber ich hör mich pochen im Windchiffon
löchrig fleckig zerschunden
doch der Windchiffon hellt Hügel auf
und Windchiffon blutet mich ein
so dicht und schwarz mein Kern
im Windchiffon wo wird er noch einmal gewebt
und kann ihn jeder spüren leicht auf der Haut
trägt Oma ihn manchmal
wenn sie im Garten Rüben zieht
oder hast du ihn an
wenn ich den Kopf an deine Schulter leg
vielleicht ist es auch ein Stoff für solche
die an Bahnhöfen Hexenkreise um sich ziehen
oder nur ein Ding für mich
auf meiner Schleppe Windchiffon liste ich auf
alle unterlassene Liebe der Geschichte
kehre mit dem Tuch die Wege aus

Chiffon esvoaçante

Chiffon onde é costurado
visto nas noites de verão
vielas nos arredores da cidade
arrasto o chiffon
esguia e satisfeita
pelas cerejas pisoteadas
levo a cauda pelo matagal
abaixo dos cabos das torres de transmissão
que não me dizem respeito
caminho com o chiffon de resto nada
pode ser só um trapo em que caminho
mas mais claros os sonhos no chiffon
pode ser que nenhum deus do Olimpo costurou
mas no chiffon eu me ouço palpitar
esburacado remendado arranhado
porém o chiffon ilumina os morros
e o chiffon faz meu sangue circular
tão espesso e negro meu cerne
no chiffon onde será de novo costurado
e qualquer um percebe sua leveza na pele
vovó veste de vez em quando
quando arranca legumes no jardim
ou você veste
quando deito minha cabeça nos seus ombros
talvez seja também material para quem
desenha pentagramas nas estações
ou uma coisa só pra mim
sobre a cauda chiffon eu listo
todos os amores preteridos da história
limpo as vielas com o tecido

alle Arbeit die jemand widerwillig tat
wasche weg trockne aus
alle Arbeit getan aus Not
dafür war der Windchiffon gut
blies alles weg das einen verhärten ließ,
der Windchiffon blies und blies
ich segne mit Windchiffon
verwerfe das und lache mich aus

todo trabalho que alguém fez a contragosto
lavo seco
todo trabalho necessário
para isso o chiffon era bom
varreu tudo que nos endurece,
o chiffon varreu e varreu
abençoo com o chiffon
condeno e solto uma gargalhada

[Tradução de Henrique Silva Moraes e Luiz Abdala Jr.]

Momentaufnahme meiner Mutter

Morgenrot, das den Himmel färbt,
dreißig nach sechs, Hochsommer,
die Lok frisst sich durch Böschungen,
am Horizont zwei Wanderer

sicher steht Mutter jetzt auf
wärmt sich am Tee, am Hund,
goldener Labrador, Fischotterkind,
das die Mulde durchschwimmt

sicher geht Mutter jetzt mit ihm
schmaläugig vor Müdigkeit
Hände in den Taschen,
den Horizont abzeichnend unsres Ortes

jeden Morgen, Kirchturm und Findling,
Eichenhain, taunasser Ampfer
sicher zerkaut Mutter ihn jetzt,
wenn sie den Hund frei lässt

der schneidet das Maisfeld entzwei
der springt in Bäche, jagt Hänge hoch
sicher lächelt Mutter über ihn
wie über mein nachlässiges Leben

und wie ich die morgengoldnen Felder seh
hab ich gleich die Erscheinung
von Heu in mir, duftend und spröd,
Heu, das Mutter und ich mit Großvater wendeten,

Instantâneo da minha mãe

Arrebol que colore o céu,
seis e meia, alto verão,
o trem rasga a ribanceira,
no horizonte dois andarilhos

é certo que a mãe já se levanta
se esquenta com chá, com o cão,
labrador dourado, filhote de lontra
que atravessa o alagado

é certo que a mãe vai com ele
olhos pesados de cansaço
mãos ao bolso,
traçando o horizonte do nosso lugar

toda manhã, campanário e rochedo,
carvalhos, azedinha com orvalho
é certo que a mãe as mastiga
enquanto o cão se atira

partindo o campo de milho em dois
pulando no lago, dispara ladeira acima
é certo que a mãe ri dele
como ri da minha vida desleixada

e quando vejo os campos áureos
me vem na hora a imagem
do feno em mim, cheiro forte e seco,
feno que, com a mãe, eu e o avô remexíamos,

Heu, das wir mit Gabeln häuften
Heu, in das ich mich warf und
Heu, das eine stundenlange wortlose Sache war,
auch Heu, das sich beiläufig meinem Namen einschrieb

sicher sieht Mutter jetzt draußen
Kondensstreifen nach, zerstäubende
Striche eines Fortkommens,
das ihre Sache nicht ist

feno que juntávamos com a forquilha,
feno em que me jogava e
feno que por uma hora era coisa sem palavra,
também feno que fugaz se inscreve em meu nome

é certo que a mãe olha pra fora
pro rastro do avião, o traço
dissipado de um porvir
que não é o seu

[Tradução de Ana Schneider e Luiz Abdala Jr.]

Hundertlippiger Farn

Einfach überwachsen sein von Farn
faulendem Farn
Stumpfheit meiner Tage Zierde
Farn, tierisches, bestialisches Gewächs,
das auch im Norden groß wird
an der gespenstischen Nordseite unsres Hauses
sich am Hang durch felsigen Boden bohrt,
in die wie alles verlassene Talschaft
Farn, hundertlippiges Gewächs,
in dessen Wurzelgestrüpp schwarze Schnecken brüten
Farn, der im Laubschuppen
unseres Gartens sich an Mäusedreck stillt
Farn, der den Hunden der Abtritt ist
Farn, du wächst neben dem Haus der Witwe,
da auch ich meine Schatten schuf
Schatten, von Dichte und Substanz allheilig
Schattenhain im Osten
da mir das Gefilde des Farns
tropische Länder mimte
tropische Länder
in die ich hineintrieb

Samambaia de mil lábios

Simplesmente estar tomada pelas samambaias
samambaias apodrecendo
adorno do torpor de meus dias
Samambaia, vegetal animalesco, grosseiro
que também é setentrional
que se mete no chão rochoso na encosta
do fantasmagórico lado setentrional de casa
desolada região como tudo
Samambaia, vegetal de mil lábios
cujas raízes aninham caramujos pretos
Samambaia, que se sacia dos dejetos dos ratos
no barracão do jardim
Samambaia, que é o banheiro dos cães
Samambaia, você cresce ao lado da casa da viúva
onde também eu criei minhas sombras
Samambaia, santíssima pela densidade e substância
arvoredo sombreado no leste
pois o cenário das samambaias
imitava a mim países tropicais
países tropicais
nos quais me imiscuía

[Tradução de Claudia Abeling]

Lampestr., 4. Etage

Scheinbar konnten wir, indem wir unsere Arme
über den Kopf hoben, indem wir unsere Hände
ineinander falteten, indem wir uns
auf die Fensterbank stellten, indem ich mich
an diese Fensterbank heftete, indem ich mich
fallen ließ und dich abstieß, dass du riefst
Flieg! und schwebtest, dass deine Füße zum
anderen Planeten strebten, deine Augen
mich ansahen, deine Hände mich ansahen
dein Körper flog, mein Körper flog
konnten wir, indem wir uns als Brücken spannten
diese Kluft, diese Luft! rief ich
wir nannten es Seil, als unser Körper flog
diese Luft über dieser Kluft
indem wir unsere Münder nicht als Attrappen
unsere Hände als Hände einspannten
du dich fallen ließest, ich mich fallen ließ
wir uns von der Fensterbank entfernten
unsere Arme über den Kopf schnellten
als wir flogen immer weiter entfernt
scheinbar konnten wir, indem wir uns
nicht als Attrappen begriffen
unsre Münder sich als Münder trafen
nicht mal sterben, du riefst
Flieg! und ich rief, diese Luft!

Lampestr., 4º andar

Parecia que podíamos, enquanto erguíamos nossos braços
acima da cabeça, enquanto entrelaçávamos nossas mãos
uma na outra, enquanto nos sentávamos
no peitoril da janela, enquanto me agarrei
nesse peitoril, enquanto me larguei
e te empurrei, e você gritou
Voa! e flutuou, e seus pés aspiravam a
outros planetas, seus olhos
me fitavam, suas mãos me fitavam
seu corpo voava, meu corpo voava
podíamos, enquanto nos tensionávamos como pontes
esse abismo, esse ar! gritei
chamávamos corda, quando nosso corpo voou
esse ar sobre esse abismo
enquanto entrelaçávamos nossas bocas não
dissimuladas nossas mãos como mãos
você se deixou cair, eu me deixei cair
nos distanciávamos do peitoril
jogávamos nossos braços acima da cabeça
quando nos distanciávamos mais e mais
Parecia que podíamos, enquanto não nos víamos
dissimulados
nossas bocas se encontravam como bocas
não morra, você gritou
Voa! e gritei, esse ar!

[Tradução de Claudia Abeling e Mariana Holms]

Fontes dos poemas:

Elke Erb

“Wolken darüber. ich weiss nur das eine“ em: *Sachverstand.* © 1998 E. Erb/Urs Engeler Editor, Basel, Weil am Rhein, Wien; “Ursprüngliche Akkumulation“ em: *Mensch sein, nicht.* © 1999 E. Erb/Urs Engeler Editor, Basel, Weil am Rhein, Wien; “Verrücke“ e “Ein zahmer Konjunktiv“ em: *Sonanz. 5-Minuten-Notate*, © 2007 E. Erb/Urs Engeler Editor, Basel, Weil am Rhein, Wien.

Christian Filips

“Wie Wasser kocht,“, “Als ich neulich nachts“, “ein weißer Schnürsenkel“, “Schlaf“ e “Der Platz hat“ em: *Im Traum die Auskunft sagt: Hier! Ausgewählte Gedichte 1996-2022*, Engeler Verlag, Schupfart, 2023.

Ulrike Draesner

“what is poetry“ em: *subsong.* Luchterhand Literaturverlag, München, 2014; “bahn übern bogen“ em: *für die nacht geheuerte zellen.* Luchterhand Literaturverlag, München, 2001

Björn Kuhligk

"Das Gedicht geht durch einen Körper und grüßt nicht mal" em: *Die Sprache von Gibraltar.* Hanser Berlin, Berlin, 2016.

Marit Heuß

"Onkel-Schau" em *Jahrbuch der Lyrik 2022*; "Momentaufnahme meiner Mutter" em *Ostragehege 107* (2023); "Windchiffon" em *Palmbaum 1/2023*; "Lampestr. 4 Etage" em *Im Winter kam das große Leuchten*. Hrsg. v. Christian Döring u.a. Brandes & Apsel: Frankfurt/ M. 2019; "Hundertlippiger Farm", inédito.

§

Poemas reimpressos com a gentil autorização de Urs Engeler (Elke Erb), Carl Hanser Verlag GmbH & Co. KG (Björn Kuhligk), Penguin Random House Verlagsgruppe GmbH (Ulrike Draesner), Cristian Filips e Marit Heuß.

Sobre os tradutores:

Ana Schneider é formada em design pela UFSC e graduanda em Letras Alemão e Português na USP. Trabalha como ceramista e escreve poemas nas horas vagas.

Claudia Abeling nasceu em 1965, em São Paulo. Cursou editoração na ECA/USP e trabalhou em diversas editoras paulistanas. Há alguns anos, se dedica à tradução literária do alemão. *p:l:a:n:g:e: p:l:a:n:g:e* (2019) é o primeiro livro em que surfa as próprias ondas.

Henrique Silva Moraes é doutorando pelo Programa de Pós-Graduação Língua e Literatura Alemã da Universidade de São Paulo (USP) e trabalha atualmente com a interface entre Literatura e Conhecimento nas obras narrativas e ensaísticas de Heinrich von Kleist. Atua, além disso, como professor de Alemão como Língua Estrangeira no Goethe-Institut São Paulo.

Luiz Abdala Jr. nasceu em Curitiba (PR) em 1994. É pesquisador, professor e tradutor. Atualmente é doutorando pelo Programa de Pós-Graduação Língua e Literatura Alemã da Universidade de São Paulo (USP), com estágio de pesquisa na Universidade de Leipzig (Alemanha). Nos últimos anos, participou da tradução dos livros *Uma festa para Boris* de Thomas Bernhard e *O que aconteceu após Nora deixar a Casa de Bonecas ou Pilares das Sociedades* de Elfriede Jelinek.

Mariana Holms é doutora pelo Programa de Pós-Graduação Língua e Literatura Alemã da Universidade de São Paulo (USP) com pesquisa sobre artistas e intelectuais no exílio do nazifascismo. É tradutora e idealizadora de cursos como *Quem tem medo de literatura alemã?* e *poetAs exiladAs de língua alemã.*

Matheus Guménin Barreto (Cuiabá, 1992) é poeta, tradutor e um dos editores da revista Ruído Manifesto. Publicou *História natural da febre* (Corsário-Satã, 2022), *Mesmo que seja noite* (Corsário-Satã, 2020), *Poemas em torno do chão & Primeiros poemas* (Carlini & Caniato, 2018) e *A máquina de carregar nadas* (7Letras, 2017). É doutor pelo Programa de Pós-Graduação Língua e Literatura Alemã da Universidade de São Paulo (USP) - subárea tradução - com passagens pela Universidade de Leipzig, pela Universidade de Salzburg e pela Universidade de Heidelberg. Publicou em periódicos ou em livros traduções de Brecht, Goethe, Bachmann, Nelly Sachs, Celan, Rilke e outros. Atualmente é Professor Temporário na USP.

Sofia Mariutti nasceu em São Paulo, em 1987. É editora, tradutora, poeta e mestra pelo Programa de Pós-Graduação Língua e Literatura Alemã da Universidade de São Paulo (USP). Já publicou o volume de poemas *A orca no avião* (Editora Patuá, 2017). *Vamos desenhar palavras escritas?* (Companhia das Letras, 2023) é o seu primeiro livro infantil.

Outros títulos das Edições Jabuticaba

Discoteca Selvagem
Cecilia Pavón
trad. Mariana Ruggieri e Clarisse Lyra

Virá a more e terá os teus olhos
Cesare Pavese
trad. Cláudia T. Alves e Elena Santi

Botões Tenros
Gertrude Stein
trad. Arthur Lungov

Por qual árvore espero
Eileen Myles
trad. Mariana Ruggieri, Camila Assad e Cesare Rodrigues

Variações sobre tonéis de chuva
Jan Wagner
trad. Douglas Pompeu

A invenção dos subúrbios
Daniel Francoy
posfácio Guilherme Gontijo Flores

Que tempos são estes
Adrienne Rich
trad. Marcelo F. Lotufo

Por trás e pela frente primeiro
Kurt Schwitters
trad. Douglas Pompeu

As Helenas de Troia, NY
Bernadette Mayer
trad. Mariana Ruggieri

O método Albertine
Anne Carson
trad. Vilma Arêas e Francisco Guimarães

O hábito da perfeição
Gerard Manley Hopkins
trad. Luís Bueno

Os elétrons (não) são todos iguais
Rosmarie Waldrop
trad. Marcelo F. Lotufo

Cálamo
Walt Whitman
trad. Eric Mitchell Sabinson

Nocaute / 6 poetas / Cuba / hoje
org. José Ramón Sánchez
trad. Rodrigo A. do Nascimento e Mariana Ruggieri

Ova Completa
Susana Thénon
trad. Angélica Freitas

Sotto Vocce e outros poemas
John Yau
trad. Marcelo Lotufo

História do Leite
Mónica Ojeda
trad. Ayelén Medail

Percurso livre médio
Ben Lerner
trad. Maria Cecilia Brandi

O velho que não sente frio
Daniel Francoy

Vontade de ferro
Nikolai Leskov
trad. Francisco de Araújo

Cidadã
Claudia Rankine
trad. Stephanie Borges

Cada um a seu modo
Marcelo F. Lotufo
posfácio Vilma Arêas

X, Y, Z
Carolina Tobar
trad. Marcelo Lotufo

Meus poemas não mudarão o mundo
Patrizia Cavalli
trad. Cláudia T. Alves

Moldávia
Timo Berger
trad. Douglas Pompeu

Caderno Goiabada
nina rizzi
posfácio Heloisa Buarque de Hollanda

Poemas mais ou menos de amor
Diane di Prima
org. e trad. Fernanda Morse

Rua Maravilha Tristeza
Frederico Klumb

9 788593 478253

Este livro foi impresso na gráfica Psi7,
em papel pólen natural 80 g/m^2 e cartão 250g/m^2
e composto em Adobe Garamond Pro.